JN088583

記憶の糸

西谷裕子句集

記憶の糸 ―― 目次

あうん

呱呱の声を上げてしまった孤独

小春日の隅っこが好きここが好き

唐辛子くくられているのは私
せめぎあう無言と無言山眠る

箸使いのきれいな人といて歳晩
裸木やロザリオは置いてきました

つぶやけばつぶやき返す石路の花
木枯し一号子守歌《ララバイ》を消さないで

沈黙のとことん冬の蝿である

日向ぼこ　かわすことばの　あうん

三月の空よりあんにゅいやってくる
春嵐一本道を揺らさないで

たんぽぽの　花だけを　見ている
薫風のパイ包み焼きでございます

まなじりの端まできれい花水木
夏うぐいすさらりとそれは加齢です

まどろめば天使のささやき未草

白壁に麦わら帽子とパリ古地図

穴惑いどの首飾りしてゆこか

無花果の熟れて父性迷走す

猫じゃらし隠しきれない嘘をつく

仕付け糸ほどいてよりの木偶の坊

曼珠沙華捨てた時間がひょっこりと
すとんと暮れるコスモスもわたくしも

哀しみのゆきつくところ梨の芯

これよりは罠かもしれぬ草紅葉

いとおしいもののひとつに白骨

あくがれて天上紺となる沈黙《しじま》

愚直とは天までのびる葱畑
すきとおるまで森にたましいあずける

落書きのとことん凍ててタイムラグ

生死とはこの寒暁の石畳

きさらぎの月の光を身籠りぬ

どれだけ傷つけばすむ白椿

春暁の夢と知りつつ夢を見る

雨の日はすみれたんぽぽ休業です

てのひらに受ける致死量飛花落花

春夕焼ドロップ缶は鳴らさないで

限りなくやさしい時間柿若葉

柿の花こぼれ相寄ること知らず

緑雨です　鰓呼吸しています
瑠璃蜥蜴に出逢ってしまってからのこと

逃げないで蜥蜴《あなた》の敵ではありません

夜の向日葵ほんとうの話はこれから

さみしさに慣れたふりして　ほうたる
けさ一輪きみの朝顔咲きました

蛇苺無実の罪を被せてしまう

さるすべりほらほらそんなに笑っては

鬼灯鳴らすうまく大人になれなくて
カンパニュラここが私の帰るところ

手折るたび母に近づく花紫苑

捨てられぬ手紙を捨てる　すいっちょん

ことりかたりと侏儒の靴音星月夜

秋夜長ことことと煮詰まってゆく孤独

両手両足きれいにたたみ月舟に

慟哭のうしろにまわる白狐

枇杷の花このもやもやは君のせい

大根干すそれから先の不透明

人界に飽きてぶつ切り海鼠嚙む

日向ぼこ坊さんが来て猫が来て

茶の花やまつたりまとわりつく時間

おもい　重い　おもい　初雪

牡蠣すする性善説はさておいて

いつだって引き返せばいい雪見だもの

落としてきた黒手袋の行方かな

尖りくる一月の喉仏

野火走る身ぬち深くを貫いて
春はあけぼの魔除けの鈴を鳴らさんか

信仰はもてずにいます花げんげ

春がきしむ反時計まわりにね

空の人となる『にもつは絵馬』

外つ国に河童や薺や蒲公英や

ひたすら眠る白絮の舞う街にいて
灯りは手燭いつかもここにいたような

はんしんはんぎこんなにも花が咲いて

夢の続きに麦秋そして麦秋

かりっこりっ丸かじりする夏
空が碧くて言いたいことがいっぱい

だまっておぶわれている　秋あかね

とげ刺さりしままやこんなに夕焼けて

小春日のぶきっちょな人を父という

天上のここが入り口冬すみれ

いすとりげーむ

たんぽぽの絮となるまで善女です

纏うならこの山吹の白がいい

げんげ野にふんわりゆっくり羽たたむ

てふてふと夢のあわいに二度童子

思い出を袱紗包みに芹の水

一人来て春夕焼に佇めり

しあわせをはかりにかけて蜆汁

しあわせとうそぶいてみる春だから

しあわせをふらここにのせゆらすゆらす

しあわせのいすとりげーむ鳥雲に

空っぽの象舎ふっと青葉騒

さあ五月なにして遊ぼ君たちと

麦秋や踵を返してゆくところ

たれよりも自分が怖い五月闇

金魚玉あの世この世を眇めして
二センチの余白さるすべりが咲いた

のうぜんや伝言ゲームの果てしなく

黒揚羽きみに改心似合わない

ああ言えばこう言ううきみに日雷
ありふれた日々のしあわせ浮いて来い

こころひらく一人称で語るとき
さびしさの五段活用していたり

故郷は捨てたつもりの唐辛子

得心のゆくまで唐辛子でいる

仏さまふたぁり並んで日向ぼこ

告白しますあなたがわたしであることを

くくってやる晩菊のじこそうしつ
いただいた命と思う冬至粥

あやうさに遊ぶ術など牡丹雪

寒林をゆく小面の狐疑逡巡

似非団欒隠し味には白い牙
差し上げますからっぽの木箱と雪女

雪しまく不条理を呑み込み呑み込み
薄氷を踏み聖母の壊れゆく

山吹に深入りすれば鳥の貌
春の夢サタンの声を聞き流し

亀鳴イテムチモウマイヲナゲキケリ

春の水素顔に戻る河馬である

さっきから殺気を帯びて金魚らは
仮想敵水鉄砲で撃退す

口笛を吹けば子犬と悪魔ついてくる

背丈越すキバナコスモスに敵意

とんぼ来て脳細胞の数を言う

秋夕焼真正面にいて孤独

天高しうっちゃっておく幾何代数

横よりも縦書きが好き柿が好き

秋山巓少し自分を信じてみるか

堕ちるならまっさかさまに紅葉谷

錦秋の奥に哀しみ置いてくる
黄落や思い出せない貌がある

小春日の忘れ上手になっている
りんご煮るきっとやさしくなれるから

あの人の瞳の奥に曼荼羅華
雪しまくうすむらさきは母の色

喜びはかみしめるもの金縷梅咲く

如月の天金の書に泪跡

二月野やつながってゆく命の緒

浅春のまどろみ生死《しょうし》の交差して

チョコレート一欠け分の春愁

漕ぎ上げてふらここ鬱を遊ばせる

生来のオプティミストや春の雨

春昼の夢に麒麟の首がない

麦秋を来てまるくなるねむくなる

哀しみの二乗はやさしさ豆の花

天翔る白馬を御するひげじいさん
緑陰に入る三婆のしんがりに

なつかしきものの一つに青胡桃
東海の小島に咲いて合歓の花

するすると胎蔵界を青蜥蜴

かなかなかな寝た子を起こしてはならぬ

秋夜長こまったさんがやってくる
やさしさが君の難点野紺菊

冬紅葉そのひとことが発火する
まんなかのあなたの笑顔消去します

あうんのあわいにあわゆき
ふうわりと生きてゆきたし春の雪

つくし野にのうのうさんときています

アルバムの向こうの時間春燈

リラ冷えのはずさずにおくペンダント
ほたる舞う夜が夜であったころ

泣くならば全身全霊浮いて来い

未来永劫自転公転蟬時雨

ざくっと綿シャツ九月の風になる

ひょんの実や恋の指南は恋敵

利き耳で聞き耳立てる虫の声

白桃をおけばてのひらざわめいて

大花野忘れ物を取りにいかなくちゃ
そのあとのことは風聞月雲に

しっぽ出す今がころあい影踏みの
鬼の子を遺してゆきぬ大花野

寒夕焼け一村が消え鬼が消え
ねじれんぼうのまんさくは君だね

二月真夜無常の使いのやってくる

野火連れて渡る渋谷の交差点む

小さな客人《まろうど》

むすんではひらくてのひら春愁

おぼろ夜のつま弾いている無弦琴

真夜の黙おおかみ一匹飼い殺す
神楽笛ひょうっと脳天突きぬけて

過ぎてゆく刻に遅速や白蓮《はちす》

三角形の一辺をゆくかたつむり

辛抱の死語になりゆく心太

かき氷きんきんきんと過去が痛い

蜘蛛の囲や風に吹かれてヒポクリット

葛の葉のひるがえるとき女性《にょしょう》かな

おさなごの睫毛のさきに月光
月うさぎあれはきっとぼくのじいちゃん

ソプラノの遠ざかりゆく十三夜
夢の世にとんぼ捕りする兄妹

コスモス咲かす記憶の糸の端っこに
謎解きのヒントくださいにゃ猫じゃらし

なつかしきものを並べて窓の秋

良夜かな電話の向こうになみさん

小春日の告白虚実ないまぜに

偶然は必然である龍の玉

未消化のことば増えゆく冬銀河

たましいにたましい色の帽子編む

ひとりずつ消してゆきます雪女郎

あかときの闇深ければ斧で断つ

端っこをきて寒明けのスケルトン

待春の数えて入れる角砂糖

如月の地図の読めない猫である
つりはしをゆくきさらぎのやじろべえ

紅梅や生れ月好きになれぬまま

花殻を摘んで私という不安

つくしつくしつくしを摘めばのんのの手

三月の颪のまにまに魔女修業

手秤で量るこころと春キャベツ

今生の息吹き入れて紙風船

ありんこと破顔一笑花南瓜

短夜の遠い記憶にセロリの香

金魚反転小さなうそを突きとおす

向き合えばト書きのように虎が雨

白亜に凌霄そして鉄格子
おだやかややおうなおみなと端居して

旅の荷は軽きがよろし大南風
異国語を子守歌にして合歓の花

すすき野に来て月光の難破する
月光を浴びてわたくしの溶けてゆく

やさしさの喉にはりつくコスモス野

ほおけてはには鏡ほしがる鬼芒

寒夕焼け燃やしているのは記憶です
星屑のひとつに地球冬銀河

己が背を己が手で押す寒の晴

一人の時は独りの顔に寒雀

薄氷を踏まねば行けぬハライソは

黄泉の国に真っ赤な椿投げ入れる

負の系譜断つ仰山に梅咲かせ
紅梅のその紅色がうるさくて

さよならはミモザの花にあずけおく

待つことに慣れて卯の花腐しかな

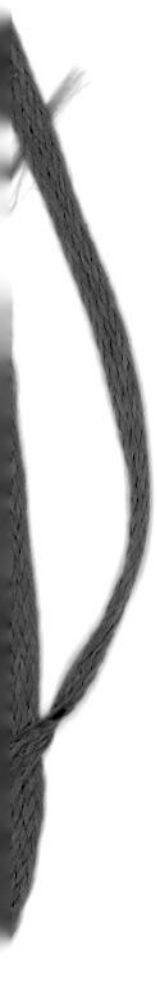

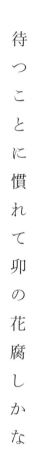

麦を踏む自問自答を繰り返し
知らぬまにいくつの罪咎パセリ食む

つまずいてころんでひとり麦の秋

青嵐や三段論法滅多打ち

ドーナツは浮き世の匂い昼寝覚め

短夜や見知らぬわたしとすれ違う

送り火やついに終生語らずに
抱え持つものの大きさ秋の空

了解。たったそれだけ藤は実に
たましいを染めるとすれば秋夕焼

気がつけば秋霖の中夢の中

露を踏む足裏からふっと転生

星ふえる思い出話するたびに
余命かな色なき風の見えてくる

枇杷咲いて記憶の糸がほぐれない

枯野ゆく内懐に桐小筥《こばこ》

抽斗の奥に抽斗冬すみれ

冬灯カレル・チャペック読み返す

群れにいて群れずにいます野水仙

浜焚火そしてだれもいなくなった

小鬼一匹身ぬちに住まわせ鬼はぁ外
外つ国にいてきさらぎのキリンである

さくらさくら咲きすぎて少し鬱
ぽっかりと花散る里に白い月

飛花落花そろそろ神を信じるか

しっぽをしまい忘れて春の雨

逢えぬ人へ文はブルーブラックで
にじんだ文字モンブランのせいにする

夕立来る小窓にからっぽインク壺

いいひとはほんとはきらいまいまいは

車座のひとりをさらう秋の風
ポケットに両手突っ込み穴惑い

桔梗の咲くとき天地水明に
曼珠沙華さんざめきの湖底より

海に暮色種無し柿に種のあと

やさしさは鬼になること木賊刈る

笑うしかないざくろの自爆

冬の蝶忘れっぽくて叱られる

冬蒼天吊るされているでくのぼう

狐狸逡巡大根一本ぶらさげて

解き放つ自縄自縛や風花舞う

春の雪融けてすとんと腑に落ちる

むかしむかし春野にわらべがおったとさ
たんぽぽの絮吹く呼気吸気確かめて

青空は青空のままさくら散る
これほどにさみしいさくらみただろか

人形の家はからっぽ花嵐

ある日ある朝世界地図まっ赤

春の闇とどめの釘を打たれけり

麦秋や記憶の糸がほぐれだす

緑雨かな一人綾取りしています

森新樹脳内革命急がねば

夕焼けて晩年はスローモーション

そっと来てメチエささやく黒揚羽

秋霖のお手玉おはじき長廊下

生国に生まれ家なくて柿たわわ

寡黙な人と寡黙な時間冬に入る

待ち侘びる小さな客人《まろうど》冬灯

辛抱が試されている雪女郎

さよならは自分で決める寒椿

牡丹雪ふうわり我の消えてゆく

眠剤に意識遠のく瞬間《とき》地震

ゆっくりいそぐ

会いたくて会えない人に蓬摘む

榾火ゆらゆら命ゆらゆらあいみての

梅一輪無何有の郷の色に咲く

母思う故に母在り梅の花

天上遙か春の川跳んでみる

芹の水自己陶酔をよしとする

さくらさくらさらっとさらうカンタータ
ひとくくりするすみれたんぽぽ健忘症

あらがうことはとうに忘れて花翁
順送りならばよしとす春の月

薔薇園逍遥ひょいと隣にガブリエル

青葉若葉指でなぞって地図の旅

ゆくりなくサマリア人と端居して
天上へゆっくりいそぐかたつむり

ひそと秋薔薇ともし火は小さくて
黙禱す真白き羽を折りたたみ

ひと粒のなみだ　ぬぐわずにいる
静謐や枯れ蟷螂の目に祈り

見守るはなにもせぬこと枇杷の花

さざんかさざんかその先に光明あるか

君は君以上でも以下でもなく聖夜
にっこり笑う君の瞳に救世主

意のままに時空を統べる羽あらむ
ろうそくの時を象る焔《ほむら》かな

空の蒼　海の群青《あお》そして石路花

ラピスラズリ　永遠の時を得て

凩ひゅるひゅる空白の増えてゆく

底抜けに青い空より粉雪舞う

懐かしき人が遊ぶや一壺天

キリマンジャロの至福外は風花

二月の直角に曲がって見えるもの
きさらぎのなんとさみしきたんじょうび

記憶裡のいつもの場所にいぬふぐり

土筆煮る祖母とわたしの約束の

海原に孤舟ランタンに菜の花
ブランコ漕ぐひたすら生きてひたすらに

クレヨンの画帳はみだす聖五月

天上に木香薔薇の香連れてゆく

赦されて五月の鷹の放縦《ほしいまま》
語らうほどに五月の海のきらきらと

母の日のリボンがうまく結べない

夕立あと天使のはしごに忘れ物

白夜かなからんころんと繭の中

ハンカチーフにそっと包んで幸せは

金魚ゆらゆらゆらいでいるのは私

たまゆらの命の数だけ蟬の穴

愛憎の二律背反ほうたる飛ぶ

蚊帳くぐる夢とうつつのあわいかな

ていねいに隠し包丁して熟睡

驟雨来て笹の葉さらさらさんざめく

向日葵はおそろいがキライなのです

そっと吹いて開ける封筒敗戦忌

セピア色の写真一枚街晩夏

新涼の耳元かすかにチターの音

野の花を活けるたおやかにしなやかに
とこしえに花身の人の凛として

テラス席にほおずき一つ置いてある

ぽつんと茶房落葉松もみじ粲粲

きしきしとまなうら疼く夜の桃

知足かな青空と風とコスモスと

嫌いじゃない烏瓜の自己主張

柿を捥ぐつんつるてんの天真爛漫

屈託なき子らにやがて愁思かな

告白でつまずいているコスモス野

鬼胡桃かちかち鳴らし鬱が来る

水平線を遠まなざしに石蕗の花

トラトラトラ　目覚めてイマジン口ずさむ
旅立の朝はロイヤルミルクティー

のほほんと日向ぼこりや東海の
できること数えて柚子ジャム煮ています

ぼーんぼーんぼーん　消せない疵を消してゆく
永遠のすみっこに寒紅おいてもらう

いつかくるきっとくるその日は白薔薇

あとがき

本句集『記憶の糸』は、二〇〇八年から二〇二二年にかけて詠んだ句を自選し、ほぼ編年体で収めたものである。

前句集『ポレポレ』を出してから、十五年という月日が流れた。あとがきに、「今の思いを今の生きたことばで、新しい器に盛る」「一句で独立しつつも、物語の断片でもある、そんな俳句を目指したい」と記したが、それがどこまで追求できたか、はなはだ心もとない限りである。

選句にあたり、改めて時系列で読み返してみて、自分でも驚いたことがある。言葉や詠み方は違っても、根本的には同じところを堂々巡りするばかりで、そこから一歩も抜け出せていないのである。それには思い当たることがあって、ずっと持ち続けている思い、心のつぶやきを俳句に託して吐露してきたからにほかならない。まさに俳句は私の心の灯であった。

この心の灯を灯し続けることができたのは、「らん」という場、そして素晴らしい句友の皆さまの大いなる存在があってこそと心から感謝している。二〇二三年一月、百号をもって同人誌「らん」は終刊となったが、「らん」は永遠に私の心のふるさとである。

見つからない答えを探してこれからも果てしない旅が続くに違いないが、道中の荷に新しい句帳を忍ばせて、今度こそポレポレと歩いていこうと思う。

最後に、「らん」に誘って下さった鳴戸奈菜さん、本句集の制作にかかわり、帯文を書いて下さった皆川燈さん、装丁を手掛けて下さった植本展弘さん、発行のお世話になった七月堂の知念明子さんに心よりお礼申し上げます。

二〇二三年五月　青葉若葉のころに

西谷裕子

著者略歴

西谷裕子（にしたに　ひろこ）

1948年　愛知県生まれ
1990年頃より超結社による俳句研究会や句会に参加
2005年　同人誌「らん」に投句始める
2007年　「らん」同人
2023年1月　「らん」100号にて終刊

句集に『掌紋』（近代文芸社）、『ポレポレ』（ふらんす堂）

現住所　〒179-0072
東京都練馬区光が丘3-7-1-2008

句集　記憶の糸

発行日　2023年5月8日
著　者　西谷裕子
発行者　知念明子
発行所　七月堂
〒154-0021　東京都世田谷区豪徳寺1-2-7
TEL　03-6804-4788
Web　http://www.shichigatsudo.co.jp/
装　幀　植本展弘
印刷・製本　渋谷文泉閣

ISBN 978-4-87944-528-5 C0092 ¥2182E